Von frechen, vorwitzigen, neugierigen, abenteuerlustigen, schüchternen und nachdenklichen Katzen handelt Robert Gernhardts Katzenbuch. Mit viel Humor und Wortwitz erzählt er von großen und kleinen Sorgen im Katzen-Alltag und von Abenteuern auf Samtpfoten: von Pumpis anstrengender Woche und ihrer Reise in den Süden, von ihrer Freundin Missu und deren Entdeckungstouren und von der besonderen Verantwortung des Katzenpräsidenten … Illustriert wurden diese Geschichten und Gedichte von Almut Gernhardt.

insel taschenbuch 3238

Robert Gernhardts Katzenbuch

Robert Gernhardts
Katzenbuch

Mit Bildern
von Almut Gernhardt

Insel Verlag

insel taschenbuch 3238
Erste Auflage 2006
Für diese Zusammenstellung:

Dieses Werk wurde vermittelt durch die
Literarische Agentur Thomas Schlück GmbH, 30827 Garbsen

Quellenverzeichnis am Schluß des Bandes
Vertrieb durch den Suhrkamp Taschenbuch Verlag
Umschlag nach Entwürfen von Willy Fleckhaus
Druck: Druckhaus Nomos, Sinzheim
Printed in Germany
ISBN 3-458-34938-3
ISBN 978-3-458-34938-9

2 3 4 5 6 – 11 10 09 08 07

Inhalt

Drei Wächter halten Tag und Nacht
an dieser grünen Grenze Wacht.
Und willst du rüber, stell'n sie dir
zuerst ein Rätsel, dieses hier:

Es hat einen Deckel,
doch es ist kein Topf.
Es hat einen Rücken,
doch ohne Kopf.
Es hat viele Blätter,
doch keines ist rund,
es steht ohne Füße,
es spricht ohne Mund – :
Wer das nicht rät,
der darf nicht ins Land.
Also rat mal das Rätsel.
Du hast's in der Hand.

EIN BUCH

Was für ein Tag

Wer etwas Zeit und Mittel hat,
verläßt im Sommer gern die Stadt
und fährt gen Süden, weil er meint,
daß dort die Sonne immer scheint.
Es gehn jedoch auf diese Weise
nicht nur die Menschen auf die Reise.
Auch Pumpi wurde mitgenommen,
soeben ist sie angekommen,
ist da und trotzdem nicht zu sehn.
Warum? Das wird man gleich verstehn:

Ein Korb ist sehr verheißungsvoll,
wenn man nicht weiß, was drin sein soll.

Hier sieht man schon ein bißchen mehr.
Drin steckt doch jemand! Aber wer?

Es ist ein Tier. Soviel steht fest.
Doch ob es mit sich reden läßt?

Am Anfang fürchtet man sich eher,

doch nach und nach kommt man sich näher.

Äußerst hilfreich sind zuzeiten
ausgesuchte Höflichkeiten,

und nachdem die stattgefunden,
fühlt man sich schon mehr verbunden.

»Ich bin die Missu – und wie heißt du?«
»Ich heiße Pumpi. Doch hör mal zu,
eins hätt' ich dich gern gleich gefragt:

Wann, Missu, startet hier die Jagd?«

»Die Jagd? Was willst du denn hier jagen?«
»Das möcht' ich dich ja grade fragen!«
»Wie – hast du Hunger? Wart aufs Essen!«
»Nein, ich bin auf die Jagd versessen!«
»Warum denn nur, um Himmels willen?«
»Warum? Ich will die Jagdlust stillen!«
»Warst du denn schon mal auf der Jagd?«

»Nein, niemals, hab' ich doch gesagt!
Ich jag' das erste Mal im Leben,
jetzt soll die Tierwelt vor mir beben!
Du mußt mich zu den Zebras führen,
sie sollen meine Pranke spüren!
Zeig mir die Antilopenherden,
sie sollen meine Opfer werden!
Wo seid ihr, wilde Büffelhorden?
Ich will euch auf der Stelle morden!«
»Die Büffelhorden? Na, na, na –
wir sind doch nicht in Afrika!
Die wilden Tiere hier sind klein,
das größte dürft' der Igel sein.«
»Der Igel?«
»Ja – da kommt grad einer.«

»Tatsächlich – na, dich pack' ich, Kleiner!
Denn Igel sind meine Lieblingsspeise!

Schau nur, wie ich ihn ...

... zerreiße ...
Das heißt ... ich will ihn jetzt nicht quälen.

Was kannst du mir denn noch empfehlen?«
»Empfehlen? Nun, ich will dir sagen:

Sei doch gescheit, und laß das Jagen!
Dir ist hier alles unbekannt,
wir gehen erst mal über Land,
und ich erklär' dir Schritt für Schritt,
was hier so wächst. Na, komm schon mit.
Hab keine Angst! Ich werd' dich führen.«
Und Missu fängt an loszuschnüren.

Der Gast folgt voller Mißbehagen,
er will nicht wandern, er will jagen.

»Das hier«, sagt Missu, »das ist Wein.«
Dem Gast scheint das egal zu sein.

»Und diese Bäume sind Zypressen.«
Der Gast hätt' lieber was zu essen.

»Dies hier hingegen, das sind Feigen.«
Der Gast hüllt sich in dumpfes Schweigen.

»Und dort siehst du Oliven stehn.«
Der Gast kann keinen Baum mehr sehn.

»Und schau mal hier, dies kleine Kraut!«
Auf einmal wird der Gast recht laut
und schreit: »Das ist mir scheißegal,
das kleine Kraut, das kann mich mal!
Ich geh' jetzt.«
»Was hast du gesagt?«
»Ich geh' jetzt erst mal auf die Jagd.
Kommst du nun mit?«
»Was? Ich? Ach, nein!«
»Na, gut. Dann geh' ich halt allein.
Doch Missu, eines schwör' ich dir:
Um acht Uhr bin ich wieder hier,
und zwar mit einer Riesenbeute!«
»Das schaffst du nie!«
»Ich schaff's noch heute!«

Und während Missu lautlos lacht,
begibt sich Pumpi auf die Jagd.

Die Uhr schlägt zwei. Die Sonne brennt.
Wer kann, der ruht. Doch Pumpi rennt.

»Hier gibt es nichts zu jagen? Ha!
Was ist denn dort? Was steht denn da?
Grast dort nicht eine Riesenherde?«
Eng schmiegt sich Pumpi an die Erde.
»Sind das nicht Gelbschwanzschweine, Leute?«
Wild stürzt sich Pumpi auf die Beute.

»Hm ... Schweine ohne Kopf und Beine?
Ich fürchte fast, das sind gar keine!«

Sehr schnell sucht Pumpi da das Weite,
dem ersten Jagdgang folgt der zweite.

Der Stieglitz wiegt sich auf der Blüte,
doch Pumpi sieht ihn ohne Güte.

Nicht jeder Sprung erreicht sein Ziel,
sehr stachlig ist ein Dornenstiel,

und auch ein Sturz geht in die Knochen.
Doch noch ist Pumpi ungebrochen,

zur Scheune lenkt sie ihre Schritte,
dem zweiten Jagdgang folgt der dritte.

Denn auch in Scheunen kann man jagen,
ich brauche wohl nur ›Maus‹ zu sagen.
Auf Mäuse aber muß man lauern,
nur kann das Lauern etwas dauern.
Ja, es kommt vor, daß man bedauert,
wenn man auf Mäuselauer kauert,
vor allem dann, wenn man gesagt hat,
daß man bis acht Uhr was gejagt hat.

Doch da! Ein Rascheln! Auf dem Faß!
Da ist doch wer, da tut sich was!
Jetzt geht's aufs Ganze! Halali!

Die Maus sagt nichts, doch handelt sie.

Tja – aus der Traum. Die Uhr schlägt sieben.
Was ist von Pumpis Plan geblieben?
Was wird aus ihrem Beuteschwur?
»Ach«, seufzt sie, »ach, was mach' ich nur?
Hilft mir denn keiner?«
»Aber ja!«
»Moment einmal – wer sprach denn da?«
»Ich!« tönt es lauter noch. Und fester.

»Ich schätze, du hast Ärger, Schwester?«

»Wer spricht da?« Pumpi schaut verwirrt.
»Ich!« sagt der Fremde unbeirrt.
»Ich folg' dir nämlich schon seit Stunden,
denn ich hab' dich gleich nett gefunden.
Und da du, erstens, – hm – mein Typ bist
und, zweitens, ungeschickt, doch lieb bist,
und da ich, drittens, Missu kenne
und ihr die Überraschung gönne,
hätt' ich da, viertens, einen Plan –
ich beiß dich nicht, komm näher ran,
dann werd' ich dir den Plan erklären ...«

Der Rest ist leider nicht zu hören.
Er muß jedoch erfreulich sein,
denn Pumpi schaut sehr munter drein.
»Das ist«, sagt sie, »ein guter Rat!«
Und eilig schreitet sie zur Tat.

Es ist soweit. die Uhr schlägt acht.
Der Tag weicht dem Beginn der Nacht.
Man sieht den Mond am Himmel und
ein Katzenpaar im Vordergrund.
Die eine ist zutiefst erstaunt,
die andere höchst gut gelaunt.

»Was hast denn du da angebracht?«
fragt Missu, worauf Pumpi lacht:
»Viel ist es leider nicht für heute.
Es ist ein kleiner Teil der Beute.
Der Rest, der liegt nicht weit von hier.«
»Sag bloß – was ist das für ein Tier?«
»Tja – das ist ziemlich schwer zu sagen,
ich wollte dich grad danach fragen.
Das Tier sah nämlich seltsam aus ...

Es hatte Beine wie ein Strauß:

Sein Riesenkörper aber war
gefleckt wie der vom Jaguar:

Vom Körper stieg ein Schwanenhals
zu einem Kopf, der ebenfalls
sehr fremd war, einem Büffel glich.«

»Hör auf! Das ist ja fürchterlich!

Und dieses Tier hast du erlegt?«
»Wer sonst?« sagt Pumpi unbewegt.
»Ich sah es stolz zur Tränke traben
und dachte gleich: Das muß ich haben!
Gedacht, getan – ein Prankenschlag,
worauf es schon am Boden lag.
Ich glaub', es hat nur kurz gelitten.
Doch dürft' ich nun zum Essen bitten?«
»Ach, darf ich auch?« maunzt Missu munter –

Der Rest geht im Geschmatze unter.

Man hat gespeist. Die Uhr schlägt neun.
Schlaftrunken rollt sich Missu ein,
bemerkt noch einmal nachdenklich:
»Was für ein Tag – höchst merkwürdig!«
Und schläft. Und hört deshalb auch nicht,
wie plötzlich jemand leise spricht,
ein Jemand, schwarz, mit weißem Zahn:

»Na, Schwester – klappte unser Plan?«
»Und wie! Ich fand das Tier beizeiten
und trug es ohne Schwierigkeiten –
will sagen: niemand sah mich – fort.«
»Und Missu?«
»Glaubte jedes Wort.«
»Na, bestens. Blieb auch was für mich?«
»Der ganze Rest da ist für dich!«
»Oh«, sagt der Fremde, »sehr verbunden!«

Und bald ist auch der Rest verschwunden.

Nun ist es dunkel. Nur im Haus,
da gehn die Lichter an statt aus.
Und man sieht nicht nur Lichter glimmen,
man hört auch laute Menschenstimmen.
Und jemand ruft ganz aufgeregt:
»Ich hab' ihn doch hierhin gelegt!
Vor einer Stunde lag er noch ...«
Und jemand schreit: »Das sag' ich doch!«
Und jemand fragt: »Ist was geschehn?«
Und jemand sagt: »Hast du's gesehn?
Der Hammelbraten ist verschwunden –
hast du ihn irgendwo gefunden?«
Und jemand ruft zurück: »Nein, nein!«
Und jemand klagt: »Wo mag er sein?«
Und jemand denkt: »Wie kommt das nur?
Von beiden Katzen keine Spur!
Was mögen nur die Guten treiben,
daß sie so lange draußen bleiben?
Sich nicht einmal ins Haus bequemen,
um etwas Milch zu sich zu nehmen?«

Und jemand schläft so tief und fest,
daß er sich gar nicht stören läßt.
Und neben diesem Jemand liegt
noch wer, der sich an Pumpi schmiegt.
»Was für ein Tag!« denkt Pumpi, und:
»Morgen geht es wieder rund!«

Und dann schlief auch sie ein.

Abgründe der Leidenschaft

»Seid nicht allzu laut und ungestüm«, bat Herr P., als er Sandra und Inti die Tür öffnete.

»Ist was?« fragte Sandra erstaunt, denn sie konnte sich nicht erinnern, daß Herr P. sie jemals zuvor um Ruhe gebeten hatte.

»Ich habe einen Gast«, antwortete Herr P. »Und der ist etwas schreckhaft. Das heißt – eigentlich sind es zwei Gäste, doch dem zweiten würde auch der lauteste Krach der Welt nichts ausmachen.«

Sandra und Inti wechselten einen verwunderten Blick und schauten sich unschlüssig im Flur um.

»Ich werde euch meinen Gast gleich vorstellen«, sagte Herr P. »Er liegt in der Küche.«

»Schläft er da?« flüsterte Inti.

»Ich glaube eher, daß er nur döst«, sagte Herr P. »Ihr könnt übrigens ganz normal sprechen.« Und mit diesen Worten öffnete er die Küchentür, ließ die Kinder eintreten und erklärte feierlich: »Darf ich bekannt machen? Das hier sind Sandra und Inti, und das da ist Missu.« Dabei zeigte er auf eine Katze, die auf der Steinplatte lag, welche über der Zentralheizung angebracht war. Sie schaute mit großen bernsteinfarbenen Augen auf die Eintretenden, wobei schwer auszumachen war, ob sie ängstlich, ärgerlich, mißtrauisch oder nur gelangweilt blickte.

»Missu gehört einem Freund von mir, der für ein paar Tage

verreisen mußte«, erläuterte Herr P. »So lange sorge ich für sie. Nicht wahr, Missu?«
Die Katze sah offenbar keine Veranlassung, diese Frage zu beantworten. Sie gähnte kurz und fuhr fort, die Menschen zu beobachten, die ihrerseits die Katze beobachteten.
»Da ist ja noch eine Katze!« sagte Inti.
»Eine Blechkatze«, bestätigte Sandra. »Warum liegt denn diese Blechkatze neben Missu? Ist das deine?«
Herr P. schüttelte den Kopf. »Nein, die gehört Missu.«
»Ach so!« sagte Inti. »Die Blechkatze ist ihr Spielzeug!«
»Nein«, sagte Herr P. »Sie ist ihr ... na ja ... äh ...«
»Na, was ist sie denn?« fragte Sandra.
Herr P. sah erst die Katze an, dann die Kinder, bedeutete ihnen, etwas näher zu kommen, und flüsterte schließlich: »Ich wollte es euch ja nicht sagen, aber Missu ist nicht ganz richtig im Kopf.«
Sandra und Inti blickten verwundert hoch.
»Ich kann euch auch nur das erzählen, was ich von meinem Freund erfahren habe. Und der hat mir anvertraut, daß seine Katze spinnt.«
»Hat er wirklich von der Katze gesprochen?« fragte Sandra.
»Aber natürlich!« erwiderte Herr P. »Von wem denn sonst?«
»Na, von dir zum Beispiel.«
Herr P. verzog beleidigt den Mund. »Na gut. Ich wollte euch die schreckliche Geschichte dieser Katze eigentlich gerne ersparen, denn es ist eine Geschichte voller Liebe, Eifersucht, Blut, Mord, Tränen und Wahnsinn, aber da ihr meine Wahrheitsliebe anzweifelt, darf ich nicht länger schweigen.

Denn die Wahrheitsliebe eines Mannes in Frage zu stellen heißt, sich an dem höchsten Gut zu vergreifen, das ein Mann überhaupt besitzt, an seiner Ehre.« Herr P. schaute düster auf die Katze, die seinen Blick sinnend erwiderte, und begann: »Was ich euch jetzt erzähle, weiß ich von meinem Freund. Da er – wie ich – sich lieber die Zunge abbeißen würde, als auch nur ein unwahres Wort über seine Lippen zu bringen, sehe ich keinen Grund, die Geschichte Missus nicht genau so wiederzugeben, wie sie mir mein Freund anvertraut hat. Und der erzählte mir folgendes: Im Alter von vier Monaten kam Missu vor nunmehr sieben Jahren zu ihm. Sie war damals ein munteres, aufgewecktes Kätzchen, das bald zu einer ansehnlichen jungen Dame heranwuchs, die allen Katern der Umgebung den Kopf verdrehte. Vier Herren stritten um ihre Gunst, Bumiphol, ein edler Siamese, Boris, ein glutäugiger Karthäuser, Peter, ein makellos schwarzer Gentleman, der zum Haushalt eines in der Nachbarschaft wohnenden ordentlichen Professors gehörte, und der Treppenkater. Der aber war ein zerzauster getigerter Bursche von zweifelhaftem Ruf und ungewisser Herkunft, der sich ohne Herrchen oder Frauchen durchs Leben schlug und lediglich in sehr strengen Winternächten in wechselnden Treppenhäusern Unterschlupf suchte. Daher rührte auch sein Name, besser sein Spitzname, den ihm die Menschen der Nachbarschaft gegeben hatten. Und ausgerechnet in diesen Treppenkater verliebte sich Missu. Ohne sich im mindesten an seinen durch zahlreiche Kämpfe ausgefransten Ohren oder seinen derben Manieren zu stören, verfiel sie ihm mit Haut und Haar, enttäuscht, aber unter Wahrung der Würde, gaben es Bumiphol und Boris auf, sich weiterhin um Missu zu bemühen. Nicht so Peter. Ihn erfüllte eine Eifersucht, die noch schwärzer war als sein tiefschwarzes Fell. Sollte er selbst Missu nicht sein eigen nennen dürfen, dann sollte es sein zerzauster Rivale auch nicht. Um es kurz zu machen – er sann auf Mord. Er sann nicht nur, er handelte auch. Ja, er ging so weit, den Todfeind aller Katzen des Viertels für seine finsteren Pläne zu gewinnen, den Schäferhund Rolf. Peter wußte, daß sich Missu und der Treppenkater jeden Abend im Garten meines Freundes trafen. Diese Treffen verliefen stets so, daß der Kater nach Einbruch der Dunkelheit maunzend vor Missus Veranda erschien, worauf sie bei der ersten sich bietenden Gelegenheit das Haus verließ und in seine Arme eilte. Auf dieses Wissen gründete Peter seinen Mordplan. Mit dem Versprechen, ihm einen Braten aus des Professors Küche zu beschaffen, bestach er Rolf, noch am selben Abend die erste Katze, die sich im Garten meines Freundes zeigen sollte, zu erwürgen. Er selber sorgte dafür, daß die gemeinhin verschlossene Gartentür offenstand, von einem sicheren Baum aus wollte er seinen blutigen Triumph genießen. Doch ach – ausgerechnet an diesem Abend hatte sich der Treppenkater verspätet. Voller Ungeduld war Missu bereits in den Garten geeilt, wo sie sich unvermutet einem geifernden Schäferhund gegenübersah. An Flucht war so wenig zu denken wie an Gegenwehr, schon glaubte der wie vom Donner gerührte tückische Peter die schöne Missu in den

Fängen des von ihm bestellten Mörders verenden sehen zu müssen, als sich plötzlich das Gebüsch teilte und ein getigerter Blitz dem rasenden Rolf in den Nacken fuhr: der Treppenkater. Wutentbrannt ließ der Schäferhund von Missu ab, ein ungleicher Kampf begann, dessen Ende schon zu Beginn feststand. Aus zahlreichen Wunden blutend humpelte Rolf davon, der tapfere Treppenkater aber erlag in Missus Armen seinen Verletzungen.«

Herr P. schwieg und blickte auf die Katze, die regungslos zurückstarrte. Sandra äußerte ein halblautes »Schluchz, Schluchz«, bei dem nicht ganz klar war, ob sie es ernst oder spaßig meinte, und Inti fragte: »Aber was hat denn das alles mit der Blechkatze zu tun?«

Herr P. schaute ihn ernst an. »Seit jenem Abend, so berichtete mir mein Freund, war Missu nicht mehr wiederzuerkennen. War sie schon in ihrer Liebe ohne Maß gewesen, so war sie es nun in ihrem Gram erst recht. Wochenlang nahm sie keinen Anteil an ihrer Umgebung, morgens wie abends verschmähte sie selbst die leckersten Speisen, schon glaubte mein Freund, daß sich ihr Zustand nie ändern werde, als er eines Tages zufällig in einem Schrank kramte und dabei neben anderem längst vergessenen Spielzeug auch die Blechkatze hervorholte. Von diesem Augenblick an war Missu wie ausgewechselt. Sie eilte eifrig herbei, begrüßte die Blechkatze mit allen Anzeichen der Zuneigung, ließ sich schnurrend neben ihr nieder und wich fortan nicht mehr von ihrer Seite. In Gesellschaft der Blechkatze spielte, trank und aß Missu wieder, nahm man ihr aber diesen seltsamen

Begleiter auch nur für Sekunden fort, verfiel sie wieder in ihren bisherigen Zustand. Das sei ihm zuerst merkwürdig vorgekommen, so berichtete mir mein Freund, dann aber habe er die schreckliche Wahrheit erkannt: Missus Sinne hatten sich verwirrt, sie hielt die kleine getigerte Blechkatze wegen einiger oberflächlicher Ähnlichkeiten für ihren verstorbenen Geliebten.«

Nun schien selbst Sandra beeindruckt zu sein. »Die Arme!« sagte sie mitfühlend, worauf Inti im gleichen Tonfall »Die Beine!« sagte.

»Wie bitte?« fragte Sandra.

»Wenn du ›Die Arme‹ sagst, werde ich doch wohl noch ›Die Beine‹ sagen dürfen«, antwortete Inti.

»Aber, aber!« rief Herr P. aus, doch bevor er weiterreden konnte, meldete sich ein vierter zu Wort. Es war die Katze Missu, die plötzlich herzhaft gähnte, sich dann wohlig aufrichtete und damit begann, die Blechkatze zu beschnuppern. Doch dabei blieb es nicht. Zuerst schlug sie mit der linken Pfote rasch und spielerisch nach dem Spielzeug, dann mit der rechten, und das wiederholte sie so lange, bis die Blechkatze langsam über den Rand der Steinplatte rutschte, von der sie mit leisem Klirren auf den Küchenboden fiel, noch etwas schlidderte und schließlich in einer Ecke liegenblieb. Darauf drehte sich Missu zweimal um sich selber und rollte sich sodann sehr zufrieden, wie es schien, zusammen.

»Die Missu wirkt aber recht normal«, sagte Sandra gedehnt.

»Ich habe euch nur das erzählt, was mir mein Freund über

Missus Schicksal berichtet hat«, sagte Herr P. entschuldigend.
»Ich denke, der beißt sich lieber die Zunge ab, als daß er auch nur eine einzige Unwahrheit sagt«, meinte Sandra.
»Wenn ich das mal nicht verwechselt habe«, erwiderte Herr P. »Vielleicht sagt er lieber eine einzige Unwahrheit, als daß er sich die Zunge abbeißt. Was ja eigentlich auch viel vernünftiger wäre.«
»Zu essen gibt es heute wohl nichts?« fragte Inti.
»Aber ja doch!« sagte Herr P. sichtlich erleichtert. »Darf ich euch bitten, mit mir einen Blick in den Kühlschrank zu werfen?«
Als er die Kühlschranktür öffnete, hörten die Kinder hinter sich einen dumpfen Plumps, und kurz darauf stand die Katze Missu neben ihnen und schaute ebenfalls angeregt auf das Speiseangebot.
»Die Missu wirkt aber sehr, sehr normal«, sagte Sandra noch gedehnter.
»Ah! Pudding!« rief Inti.
»Vielleicht hat sich Missu ausgerechnet in dem Moment, in dem ihr kamt, von ihrem schrecklichen Schock erholt«, meinte Herr P. »Kann doch sein, oder?«
»Klar kann das sein«, sagte Inti versöhnlich, »kriege ich den Schokoladenpudding?«

Missu und das Glas Milch

Da steht ein Glas auf einem Tisch.
Im Glas ist Milch, die Milch ist frisch.

Die Katze Missu ahnt so was,
noch weiß sie freilich nichts vom Glas.

Aha! Jetzt weiß die Katze mehr.
Das Glas ist voll, ihr Bauch ist leer.

Und hops! Die Katze Missu springt,
was sie dem Glase näher bringt.

Sie riecht am Glas und stellt schnell fest,
daß sich sein Inhalt trinken läßt.

Doch wie? So hat sie noch kein Glück.
Das Glas ist eng, ihr Kopf ist dick.

Ja wie? Da fällt der Katze ein:
Das Glas ist groß, die Pfote klein.

Gedacht, getan, sie stippt ins Glas,
ein Tropfen Milch ist auch schon was.

Schnell wird der Tropfen abgeschleckt,
die Pfote wieder reingesteckt.

Na bitte! Schon ist es geschafft!
Verstand geht über Muskelkraft.

Da sitzt die Katze rund und schwer:
Ihr Bauch ist voll, das Glas ist leer.

Das Apfelabenteuer

1. Guck – da stehn drei Bäume, Mann!
Gehen wir mal näher ran!

2. Na – jetzt sieht man ja schon mehr.
Wie, wenn das ein Obstbaum wär'?

3. Sieh mal an, ich glaube fast,
da hängt ein Apfel an dem Ast.

4. Ja, es hängt ein Apfel dran,
jemand schaut ihn gerade an.

5. Jemand, der sich Missu nennt
und noch keine Äpfel kennt.

6. Missu sitzt und guckt und denkt:
»Ob da was zum Essen hängt?«

7. Missu denkt und überlegt:
»Hat das Ding sich nicht bewegt?«

8. Rumms! Der Apfel fällt herunter,
und sofort wird Missu munter.

9. Mit der Pfote stellt sie fest,
daß er sich nicht essen läßt.

10. Nein, der ist ja hart wie ’n Knochen –
doch was kommt da rausgekrochen?

11. Was ist das denn für ein Tier?
Missu ist voll Wißbegier.

12. Ist es etwa eine Schlange?
Missu wird ein bißchen bange.

13. Oder ist's ein Salamander?
Missu ist ganz durcheinander.

14. Ist's ein Tier, das Katzen beißt?
Missu weiß nicht, wie es heißt.

15. Doch auf einmal fällt ihr ein:
»Das muß eine Raupe sein!«

16. Eine Raupe, grün und frech –
aufgepaßt, gleich ist sie weg.

17. Hurtig, wie auf einer Leiter
kriecht die Raupe immer weiter.

18. Klettert stramm und unbeirrt –
ob ihr da nicht schwindlig wird?

19. Guck! Gleich ist die Raupe oben!
So ein Klettern muß man loben!

20. Schau! So schnell kann so was gehn!
Gleich kann man sie nicht mehr sehn.

21. Da! Nun ist die Raupe weg!
Missu rührt sich nicht vom Fleck.

22. Ob ihr so was auch gelingt?
Missu zögert nicht, sie springt.

23. Hängt und denkt: »Oje, ich glaube,
ich werd' niemals eine Raupe!

24. Klettern macht mir keinen Spaß!«
Missu springt zurück ins Gras.

25. Da liegt noch das rote Ding,
das vorher am Baume hing.

26. Steckt ein zweites Tierchen drin?
Missu legt sich lauernd hin.

27. Missu denkt: »Ich hab' ja Zeit.«
Langsam kommt die Dunkelheit.

28. Müde rollt sich Missu ein –
komm, wir lassen sie allein.

29. Auch für uns ist's Zeit zu gehn,
bald kann man ja nichts mehr sehn.

30. Die Geschichte, die ist aus.
Auf! Wir laufen schnell nach Haus!

Regenbogen zu besteigen,
ist das Einfachste der Welt,
wenn man sich an drei erprobte,
altbewährte Regeln hält:

Erstens wartet man auf Regen,
hauptsächlich des Bogens wegen.
Zweitens braucht man etwas Kraft,
damit man den Aufstieg schafft.
Drittens aber prägt euch scharf
ein, was nicht geschehen darf:
Denkt, woran ihr wollt, beim Steigen,
denkt an Cowboys, denkt an Geigen,
denkt an Palmen, denkt an Bier,
Amsel, Drossel, Fink und Stier,
denkt an Bonbons, denkt an Geld,
denkt an alles in der Welt –
doch denkt *nie* an eure Ohren,
sonst seid ihr sofort verloren.
Schon beim leisesten Gedanken
kämt ihr fürchterlich ins Schwanken,
würdet selbst trotz schärfster Krallen
gnadenlos hinunterfallen.
Alles klar? Na dann viel Spaß!
Nur denkt nicht, ihr wißt schon was.

Heut singt der Salamanderchor
die allerschönsten Lieder.
Doch da er gar nicht singen kann,
hallt es entsetzlich wider.

Rings um das Haus ist's warm und still,
drin schrein die Salamander.
Sie brüllen, lärmen, plärrn, krakeeln
und alle durcheinander.

Die Katze schaut ins Zimmer rein,
da wird's auf einmal leiser.
»Ich bitt' euch«, sagt sie, »schreit nicht so!
Ihr seid ja schon ganz heiser!«

Die Katze geht. Es ist sehr still.
Man hört die Hummeln brummen.
Ein Kuckuck ruft. Fern bellt ein Hund.
Doch dann ertönt ein Summen.

Ein Summen erst, und dann ein Schrein –
das sind die Salamander.
Schon sind sie wieder voll in Fahrt
und brüllen durcheinander:

»Hier singt der Salamanderchor
die allerschönsten Lieder.
Auch wenn es manchem gar nicht paßt:
Wir singen immer wieder!«

Der Tag beginnt mit hellem Licht,
mit Krach und Dampfertuten.
Drei Katzen sitzen stumm am Fluß
und schauen in die Fluten.

Die Sonne brennt. Man geht nach Haus,
wo schon die Braten schmoren.
Drei Katzen sitzen regungslos
und spitzen ihre Ohren.

Die Sonne sinkt. Die Nacht bricht an.
Im Walde ruft ein Käuzchen.
Drei Katzen sitzen unverwandt
und lecken ihre Schnäuzchen.

Jetzt ist es dunkel. Alles schweigt.
Der Mond zieht seinen Bogen,
da sagt die erste Katze ernst:
»Man hat uns angelogen.

Es gibt gar keine Wassermaus.
Die hat der Fuchs erfunden.
Und wir, wir glaubten ihm auch noch
und lauern hier seit Stunden!«

Betreten hör'n die andern zu.
Die leeren Bäuchlein schmerzen.
Drei Katzen sitzen stumm am Fluß
und schämen sich von Herzen.

Die Ansprache des Katzenpräsidenten

Hier steht wer, den ein jeder kennt,
es ist der Katzenpräsident.

Er spricht zu hunderttausend Katzen,
die alle fast vor Neugier platzen.

»Liebe Katzen! Liebe Kater!
Ich bin euer Landesvater!

Als solcher hab' ich Tag und Nacht
stets nur an euer Wohl gedacht.

Ich schaffte, daß im letzten Jahr
stets Milch in euren Schälchen war.

Mit Leber, Lunge, Milz und Niere
versorgte ich euch, liebe Tiere.

Nur mir habt ihr es zu verdanken,
daß auch die Mäusepreise sanken.

Ihr habt ein Paradies auf Erden,
jedoch: Es soll noch besser werden!

Was wollt ihr? Eier, Hühnchen, Braten?
Ab heute dürft ihr mich beraten!

Wer hilft mir von euch Katzentieren?
Wer will von nun ab mitregieren?

Er trete vor! Jawohl! Da ist er:
Herr Pumpi, euer Freßminister!

Schenkt ihr Herrn Pumpi das Vertrauen?
Dann bitt' ich euch, laut zu miauen!«

Die Katzen aber schrien: »Jawoll!
Er ist's, der dich beraten soll!

Miau mioo, mioo miau!
Als erstes woll'n wir Karpfen blau!«

Stumm liegt die Katze
auf dem Tisch
und denkt an einen
Räucherfisch.

Drei Kirschen liegen
um sie rum
und sind genauso
still und stumm.

Den Räucherfisch
im Küchenschrank
macht diese Schweigsamkeit
ganz krank.

Gern riefe er:
»Nun sagt doch was!«
Doch da er schlau ist,
läßt er das.

Denn riefe er,
wär' er entdeckt.
Und so weiß niemand,
wo er steckt.

So schweigen
Katze, Kirschen, Fisch,
nur hin und wieder
knarrrrt der Tisch ...

Geh' ich in den Garten raus,
will ein Süpplein schmecken,
sagt die schwarze Katze mir:
»Mußt den Tisch erst decken!«

Lege ich die Decke auf,
will nun endlich essen,
maunzt die schwarze Katze scharf:
»Hast 's Geschirr vergessen!«

Hole ich den Teller her,
will von Herzen schlingen,
schreit die schwarze Katze laut:
»Mußt den Löffel bringen!«

Habe ich auch den gebracht,
will den Teller füllen,
sitzt die schwarze Katze drauf
und fängt an zu brüllen:

»Grad als du im Hause warst,
ist ein Hund gekommen,
fraß die ganze Suppe auf,
hat Reißaus genommen!«

Seh' die Katze zweifelnd an,
fühl mein Herze klopfen.
Zittert nicht am Schnurrbarthaar
noch ein Suppentropfen?

Die Puppe hält den Kopf gesenkt und denkt:

»Wie ist das denn? Wie war das noch?
Da ist doch was, ich wollte doch ...
Moment mal! Hatt' ich nicht vor Wochen –
ja, wem denn nun? – ganz fest versprochen,
ein großes Essen zu bereiten,
und sagt' ich nicht: Kommt doch am zweiten
September abends hier vorbei,
da gibt es Huhn und Haferbrei
und jede Menge – aber Leute!
Heut ist ja Donnerstag, der zweite!
Und ich hab' alles glatt vergessen!
Hab' nichts gekocht, hab' nichts zum Essen,
weiß nicht einmal, wer kommen wird –
doch halt! Vielleicht hab' ich geirrt,
vielleicht hab' ich noch sehr viel Zeit,
und meine Gäste sind noch weit ...
Vielleicht sind sie jedoch schon hier
und stehen draußen vor der Tür ...?«

Vielleicht, vielleicht, vielleicht, vielleicht –
ob wohl die Zeit zum Kochen reicht?

Pumpis Woche

MORDTAG

DIEBSTAG

MISTWOCH

DUMMERSTAG

SCHREITAG

KAMPFTAG

SCHONTAG

Wie kann man übers Wasser laufen,
ohne sofort abzusaufen?
So:

Nimm Primelfett und Puddingkraut,
zwei Kilo feinste Fliegenhaut,
drei Liter Gold und Himbeertran,
ein Walfischhaar und einen Zahn
von einer Hummel und tu das
zusammen in ein Silberglas.
Das Ganze laß nun fünf, sechs Wochen
auf kleingestellter Flamme kochen,
wobei man ständig schreien muß.
Sodann gieß alles in den Fluß,
den Bach, den Tümpel oder Teich,
auf dem du gehn willst, und sogleich
trägt dich das Wasser wie ein Brett.
So weit, so gut. Ach ja, ich hätt'
fast ganz vergessen, zu betonen,
daß all die Mühen sich kaum lohnen,
wenn man zum Beispiel schwimmen kann.
Du kannst nicht schwimmen? Dann mal ran!

Wie kommt die Katze auf das Floß?
Ich denke, es war so:

Die Maus, die hat den Koch erschreckt,
der Koch hat sich vor Schreck bewegt,
stieß an den Marmeladentopf,
der fiel dem Heizer auf den Kopf,
der Heizer trat dem Kapitän
beim Stolpern kräftig auf die Zeh'n,
der Kapitän verlor den Halt,
hat sich ins Steuerrad gekrallt
und lenkte so das ganze Schiff
in voller Fahrt aufs Felsenriff,
wo es mit Mann und Maus versank
und nur die Katze nicht ertrank,
weil sie auf ein Brettchen sprang
und durch Wind und Wellen sang,
gesträubten Schnurrbarthaares:
»Mein Brett ist klein, das Meer ist groß –
herrje, was mache ich jetzt bloß?«

So kam die Katze auf das Floß.
Doch, doch. Genauso war es.

Das Winter-ABC

ABC – die Katze läuft im Schnee.
DEF – sie strebt zu einem Treff.

GHI – der Schnee geht bis zum Knie.
JKL – da kommt wer mit Gebell.

MNO – Wie geht es uns denn so?
PQR – Recht gut. Und euch, mein Herr?

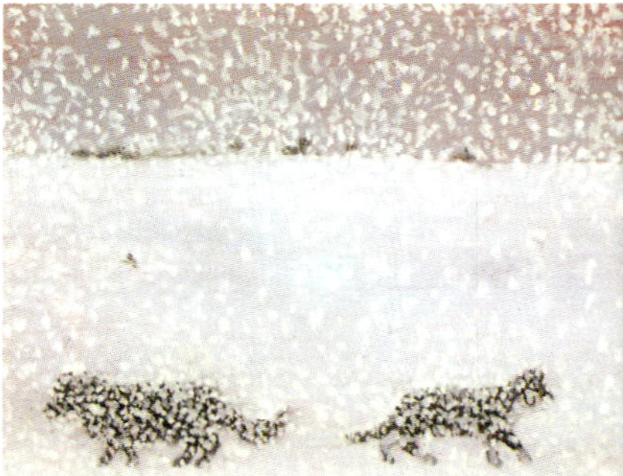

STU – Schnee deckt die Erde zu.
VWX – mit Spielen ist wohl nix.

Y und Z – die Katze liegt im Bett.

Tannenbäume gibt es viele,
doch Vogelbäume kaum.
Denn nur alle tausend Jahre
wächst ein Vogelbaum.

Geh daher auf Zehenspitzen,
wenn du ihn entdeckst.
Andernfalls kann es geschehen,
daß du ihn erschreckst,

und dann fliegt er ohne Laut
fort aus seinem Garten,
und du mußt ein weit'res Mal
tausend Jahre warten.

Tausend Jahre! Mann, o Mann!
Präg's dir ein und denk daran!

Das Dunkel deckt die Wiesen zu,
da spricht die Katze mit der Kuh:

»Man soll den Tag nicht vor dem Abend loben.«
»Das hast du schön gesagt, da oben.«

»Mir ist da heute was passiert ...«
»Erzähle! Bin sehr interessiert!«

»Ich habe einen Hund gesehn!«
»Na und? Das kann schon mal geschehn.«

»Doch der war sieben Meter groß!«
»So'n Riesentier? Mein Gott! Sag bloß!«

»Ja. Und er konnte Feuer spein!«
»Das darf doch wohl nicht möglich sein!«

»Doch. Und er rannte auf mich zu!«
»Du liebe Zeit! Was tatest du?«

»Ich machte einen Buckel und –«
»Da hast es ihm gezeigt, dem Hund?«

»Jawohl. Ich hab nur Mau gesagt –«
»Das hat ihn in die Flucht gejagt?«

»Genau! Sonst wär ich ja nicht hier.«
»Das stimmt. Und bleibst du auch bei mir?«

»Na klar. Was hast denn du gedacht?«
»Schön, daß du da bist. Gute Nacht!«

Quellenverzeichnis

Drei Wächter. Rätsel; Regenbogen zu besteigen …; Heut singt der Salamanderchor …; Der Tag beginnt mit hellem Licht …; Stumm liegt die Katze …; Geh' ich in den Garten raus …; Die Puppe hält den Kopf gesenkt …; Wie kann man übers Wasser laufen …; Wie kommt die Katze auf das Floß?; Tannenbäume gibt es viele …; Das Dunkel deckt die Wiesen zu…
Aus: *Mit dir sind wir vier.* 29 Bilder von Almut Gernhardt mit 28 Geschichten von Robert Gernhardt. Insel Verlag Frankfurt am Main 1982 (insel taschenbuch 2003)

Was für ein Tag. Insel Verlag Frankfurt am Main und Leipzig 2005 (insel taschenbuch 3131)

Abgründe der Leidenschaft
Aus: *Der Weg durch die Wand.* 13 abenteuerliche Geschichten zu Bildern von Almut Gernhardt. Insel Verlag Frankfurt am Main 1986 (insel taschenbuch 2010)

Missu und das Glas Milch; Das Apfelabenteuer; Die Ansprache des Katzenpräsidenten; Pumpis Woche; Das Winter-ABC
Aus: *Ein gutes Schwein bleibt nicht allein.* 7 Geschichten von Robert Gernhardt und 66 Bilder von Almut Gernhardt. Insel Verlag Frankfurt am Main 1983 (insel taschenbuch 2012)